宇宇哲林

Every word is about you

写给自己的诗

目　录

CONTENTS

卷一

⊖

独白

徐志摩

我等候你 / 007

再别康桥 / 012

沙扬娜拉一首——赠日本女郎 / 014

哈代 / 015

消息 / 018

季候 / 019

王独清

三年以后 / 021

失望的哀歌 / 022

ADIEU / 030

NOW I AM A CHOREIC MAN / 032

死前 / 034

但丁墓旁 / 036

威尼市 / 038

花信 / 039

李广田

第一站 / 044

乡愁 / 046

地之子 / 047
笑的种子 / 049

沈祖牟
瓶花 / 051
港口的黄昏 / 052

戴望舒
雨巷 / 054
村姑 / 057
印象 / 059
寻梦者 / 060
对于天的怀乡病 / 062
我的记忆 / 064
可知 / 066
十四行 / 068
断章 / 069
路上的小语 / 070
生涯 / 072
不要这样 / 074
我用残损的手掌 / 076
在天晴了的时候 / 078

杨子惠

她　/ 089

刘半农

教我如何不想她　/ 091

小诗五首　/ 093

铁匠　/ 095

朱湘

美丽　/ 098

当铺　/ 099

雨景　/ 100

昭君出塞　/ 101

摇篮歌　/ 103

林徽因

笑　/ 106

深夜里听到乐声　/ 107

情愿　/ 108

仍然　/ 109

卷二

轻愁

朱大枏

笑 /111

春光 /112

默向凉秋 /113

淡忘 /114

感慨太多 /115

落日颂 /116

邵洵美

洵美的梦 /118

蛇 /121

女人 /122

季候 /123

陈梦家
雁子 / 133
摇船夜歌 / 134
夜 / 135
一朵野花 / 136
白马湖 / 137
再看见你 / 138
我是谁 / 142

梁镇
晚歌 / 145
默示 / 146
想望 / 148

闻一多
死水 / 150
"你指着太阳起誓" / 152
夜歌 / 153
也许（葬歌） / 154
一个观念 / 155
奇迹 / 156

卷二

○

纯真

饶孟侃
走 /160
呼唤 /161
招魂——吊亡友杨子惠 /162
蘅 /164

刘梦苇
铁路行 /166
最后的坚决 /167
生辰哀歌——遥寄我的妈妈 /169
致某某 /172
示娴 /174

方玮德
海上的声音 /176
幽子 /177
风暴 /178
微弱 /179

胡适
梦与诗 /181
小诗 /182
希望 /183

蝴蝶 /184

晨星篇——送叔永莎菲到南京 /185

一颗遭劫的星 /187

刘大白

邮吻 /190

回头来了的东风 /192

明日春分了 /193

心印 /195

生命之泉 /197

月下的相思 /200

冬夜所给与我的 /201

再造 /202

是谁把 /205

流萤之群 /206

独白

字字皆你

最美民国诗

诗歌

一

字字皆你

最美民国诗

叮，叮，一个金甲虫在灯球上吻，

寂然地，他跌醉在灯下了…

一个温柔的最后的梦的开始。

静夜的秋灯是温暖的。

在孤寂中，我却是有一点寒冷。

咫尺的灯，觉得是遥遥了。

秋灯

是中年人重温的友情呢，

还是垂暮者偶然的忆恋？

轻轻地，我想去一吻那灯球了。

灰白的，淡黄的秋夜的灯，

是谁的和平的笑脸呢？

不说话，我认你是我的老相识。

李广田

徐志摩

二

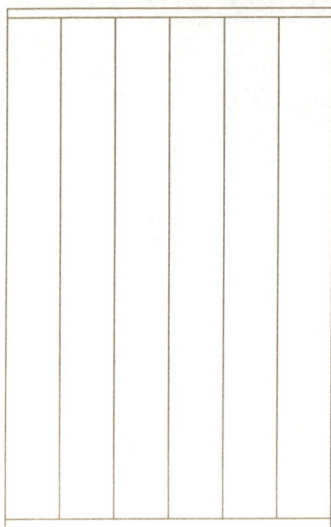

我等候你

我等候你。

我望着户外的昏黄

如同望着将来，

我的心震盲了我的听。

你怎还不来？希望

在每一秒钟上允许开花。

我守候着你的步履，

你的笑语，你的脸，

你的柔软的发丝，

守候着你的一切；

希望在每一秒钟上

枯死——你在哪里？

我要你，要得我心里生痛，

我要你的火焰似的笑，

要你的灵活的腰身，

你的发上眼角的飞星；

我陷落在迷醉的氛围中，

像一座岛，

在蟒绿的海涛间，不自主的在浮沉……

喔，我迫切的想望

你的来临，想望

那一朵神奇的优昙

开上时间的顶尖！

你为什么不来，忍心的！

你明知道，我知道你知道，

你这不来于我是致命的一击，

打死我生命中乍放的阳春，

教坚实如矿里的铁的黑暗，

压迫我的思想与呼吸；

打死可怜的希冀的嫩芽，

把我，囚犯似的，交付给

妒与愁苦，生的羞惭

与绝望的酷惨。

这也许是痴。竟许是痴。

我信我确然是痴；

但我不能转拨一支已然定向的舵，

万方的风息都不容许我犹豫——
我不能回头，运命驱策着我！
我也知道这多半是走向
毁灭的路；但
为了你，为了你，
我什么也都甘愿；
这不仅我的热情，
我的仅有的理性亦如此说。
痴！想磔碎一个生命的纤维
为要感动一个女人的心！
想博得的，能博得的，至多是
她的一滴泪，
她的一阵心酸，
竟许一半声漠然的冷笑；
但我也甘愿，即使
我粉身的消息传给
一块顽石，她把我看作
一只地穴里的鼠，一条虫，

我还是甘愿!
痴到了真, 是无条件的,
上帝也无法调回一个
痴定了的心如同一个将军
有时调回已上死线的士兵。
枉然, 一切都是枉然,
你的不来是不容否认的实在,
虽则我心里烧着泼旺的火,
饥渴着你的一切,
你的发, 你的笑, 你的手脚;
任何的痴想与祈祷
不能缩短一小寸
你我间的距离!
户外的黄昏已然
凝聚成夜的乌黑,
树枝上挂着冰雪,
鸟雀们典去了它们的啁啾,
沉默是这一致穿孝的宇宙。

钟上的针不断的比着
玄妙的手势，像是指点，
像是同情，像是嘲讽，
每一次到点的打动，我听来是
我自己的心的
活埋的丧钟。

再别康桥

轻轻的我走了，
正如我轻轻的来；
我轻轻的招手，
作别西天的云彩。

那河畔的金柳，
是夕阳中的新娘；
波光里的艳影，
在我的心头荡漾。

软泥上的青荇，
油油的在水底招摇；
在康河的柔波里，
我甘心做一条水草！

那榆荫下的一潭，
不是清泉，是天上虹，
揉碎在浮藻间，

沉淀着彩虹似的梦。

寻梦？撑一支长篙，
向青草更青处漫溯，
满载一船星辉，
在星辉斑斓里放歌。

但我不能放歌，
悄悄是别离的笙箫；
夏虫也为我沉默，
沉默是今晚的康桥！

悄悄的我走了，
正如我悄悄的来；
我挥一挥衣袖，
不带走一片云彩。

沙扬娜拉一首

——赠日本女郎

最是那一低头的温柔，
像一朵水莲花不胜凉风的娇羞，
道一声珍重，道一声珍重，
那一声珍重里有蜜甜的忧愁——
沙扬娜拉！

真品图

哈代

哈代，厌世的，不爱活的，
这回再不用怨言，
一个黑影蒙住他的眼？
去了，他再不露脸。

八十七年不容易过，
老头活该他的受，
扛着一肩思想的重负，
早晚都不得放手。

为什么放着甜的不尝，
暖和的座儿不坐，
偏挑那阴凄的调儿唱，
辣味儿辣得口破。

他是天生那老骨头僵，
一对眼拖着看人，
他看着了谁谁就遭殃，

你不用跟他讲情!

他就爱把世界剖着瞧,
是玫瑰也给拆坏;
他没有那画眉的纤巧,
他有夜鸮的古怪!

古怪,他争的就只一点——
一点灵魂的自由,
也不是成心跟谁翻脸,
认真就得认个透。

他可不是没有他的爱——
他爱真诚,爱慈悲:
人生就说是一场梦幻,
也不能没有安慰。

这日子你怪得他惆怅,

怪得他话里有刺：
他说乐观是"死尸脸上
抹着粉，搽着胭脂！"

这不是完全放弃希冀，
宇宙还得往下延，
但如果前途还有生机，
思想先不能随便。

为维护这思想的尊严，
诗人他不敢怠惰，
高擎着理想，睁大着眼
抉剔人生的错误。

现在他去了，再不说话，
（你听这四野的静），
你爱忘了他就忘了他
（天吊明哲的凋零）！

消息

雷雨暂时收敛了；
双龙似的双虹，
显现在雾霭中，
夭娇，鲜艳，生动，——
好兆！明天准是好天了。

什么！又（是一阵）打雷了，——
在云外，在天外，
又是一片暗淡，
不见了鲜虹彩，——
希望，不曾站稳，又毁了。

季候

他俩初起的日子，
像春风吹着春花。
花树对风说"我要"，
风不回话：他给！

但春花早变了泥，
春风也不知去向。
她怨，说天时太冷；
"不久就冻冰。"他说。

王独清

一

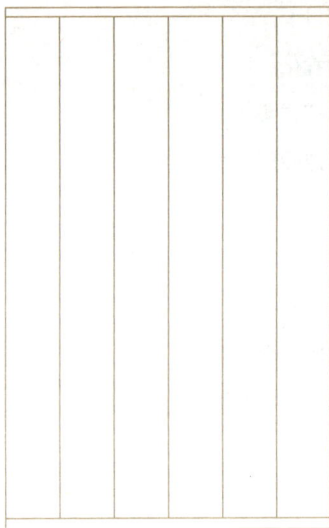

三年以后

还是这用白石铺着的，古旧的道路，
还是这绿色的河水在桥下缓流，
还是这两行夹着道路的高柳，
还是这孤立的矮桩据在桥头。

我慢慢地推开这庄园的门扉，
惊起了一群小鸟在喧叫，乱飞，
各种的树叶，花枝，落满了一地，
葡萄蔓颤动地护着那墙边的砖梯。

哦，一切都未曾改变，未曾改变！
只是往日我在此地时，门内的阶前，
没有这许多封住了入径的，滑脚的苔斑：
此外一切都未曾改变，未曾改变！

哦，不过是三年光阴，三年的光阴！
但是当我住在此地时，心胸尚是恬静，安稳，
今日，我却成了一个放荡的，无希望的人……
其实不过是三年的光阴，三年的光阴！

失望的哀歌

唵，太阳拖着夕暮的光辉，
凉风开始了愁人的号吹！
我在这高栏的桥上痴立，
隐带着一种伤感的迷惑。
唵，人生正像是这片河水，
过去的那些奔流的波迹
是再也不回！

是的，使过去的生命再回，谁也不能！
不管是欢乐，悲哀，不管是友谊，爱情，
不管是沉醉，希望，非常温柔的心境，
不管是宝贵的眼泪和诚意的誓盟！

但是我不是享受过最可爱的时间？
我不是有永远地不能忘记的纪念？
唵，回忆罢！唵，回忆罢！
在这憔悴般的夕照下，
我愿我病疮的心向沉梦中去安眠！

哦！一个温和而早暖的春天，一个温和而早暖的春天，

只有我和她，对坐在一所幽静的广轩。

被阳光射满了的窗扉在半开，半掩，

那没有尘埃的庭地都是 mosaïque 的花砖。

她披着件单薄的长衣，色泽很是素淡，

越显得她脸儿苍白，瘦弱，可怜；

像病了一样的，她略露着怯懒，

不曾梳理的黑发蓬松在她洁净的额间。

一个作画的台架放在她的当面，

她用她那可爱的右手描着我的容颜；

她描好几笔，便转过她动人的眼儿来把我一看，

看过后，又举起手儿去在台架上细描一番。

此时只有和蔼的沉默把四围占据，

我觉得，这世界上除我和她以外，一切都像是早已消失。

我觉得她是高贵而庄重，却没有一点儿虚骄的气质；

我觉得她有妩媚的姿态，虽然是不曾修饰。

我觉得我已改变了生活，再不像是个劳苦的浪子；

我觉得我今生最爱的是她，并且，是为了她，我才在这世界
上寄居！

我陷入了陶醉的境状，就这样无言地和她对坐，

任她不停地看我，不停地描我，——作着她那优美的工作。

我就这样无言地和她对坐，她就不停地作着她的工作，

一直到窗扉上的阳光快要沉没：

她才放下了笔儿，带着工作后的烦闷，

无气力地在做着她娇困的欠伸；

我走向前去扶着她慢慢地起立，我的鬓磨着了她的腻鬓，

我的手触着了她的纤手，我的肩和她的柔肩相亲，

我们都倚在窗边，——窗外有蔷薇的棚架，

又有茂盛的丁香，满开着紫色的繁花。

微风由 marronniers 的顶上缓缓落下，

携着些轻冷，来吹动她的黑发。

只有我和她，倚在窗边，送着阳光淡红的薄影，

此时除了那些树枝颤抖的音响，再没有别的喧声。

她忽然把头儿靠到了我的胸前，好像耐不住那侵人的轻冷，

哦，就这样！我们是渐渐地，渐渐地隐在了黄昏之中……

唵，真可追想的那些可爱的时间！

唵，永远地不能忘记的那些纪念！

我伏着桥上的高栏，

痴望着水上的绿涟。

回忆罢！回忆罢！

我愿我的心呀，

就尽管这样在沉梦中安眠！

她的眉儿是怎样的表示着她纯洁的性格！

她的唇儿是怎样的泛着那娇润的颜色！

她的脸庞是那样的秀媚，美好！

她的身裁是那样的端庄，窈窕！

她的装束又是何等的优雅，孤独：

那淡青的颈巾！那薄黑的衣服！

她虽然是像有说不出的忧愁，失意，

常借她本来稳重的态度，守着厌烦多言的静默，

但是那伤害年青的，悲苦的痕迹，

却一点儿也不曾上她娇嫩而白皙的前额！

她的眼儿虽然是不肯向人多看，

常矜持地下垂，好像含羞一般，

但是她那传达着情绪的眼睑，

怎能掩住她眼儿里的明净，新鲜！

她的头发和她的衣服是一样的色泽，但却

更要浓厚，光滑；

她娇弱的双肩，又像胜不起她衣服的轻压；

没有一种音响像她声儿那样使人感得甜蜜；

没有一种动摇像她步儿那样能把人引得痴迷；

她的浅颦能教人发现她姿致是分外娟妙；

她的微笑能诱人证出她的精神确是清高——

啊，她那清高的精神！啊，她那清高的精神！

她的举动是无处不流露着大方，温存！

并且她那不施脂粉的素颜，不多整理的松鬓，

使人一见便知道，她从来不用无聊的修饰

去消耗光阴！

唵，真可追想的那些可爱的时间！
唵，永远地不能忘记的那些纪念！
我伏着桥上的高栏，
痴望着水上的绿涟。
回忆罢！回忆罢！
我愿我的心呀，
就尽管这样在沉梦中安眠！

哦！使我最不能忘记的是那一早晨，
她很匆忙地走进了我在等着她的那个 Salon 的宽门。
她是还穿着她长裙的寝衣，还没有顾得梳装，整顿：
她的黑发还散披在肩头，她苍白的颊上还带着睡痕！
她才看见了我，便奔向前来，用她半裸的两臂抱住我的项颈，
仰起她的脸儿向我诉说，但却哽咽得不能成声；
她的眼儿在涨着热泪，她的胸儿在起着鼓动，
她那不能抑止的感情，竟使她失了平日里的镇静，从容！
她在断续的向我诉说，她说她是犯了罪过，
她说她从此要谢绝一切人生的快乐；

她说她明知道不应该在那样的环境中爱我，

但她自主的能力，她克制的意识，却都完全被我收没；

她说为免除各人的烦恼，困难，

她只好让我远去，不敢强我再在她的身边留连，

若是将来有一天，有一天我要来和她再见，

那便请我不要忘记了，以后她的住所是最幽静的坟园！……

哦，她尽管向我诉说，任热泪把她的脸儿浸洗，

她酥软的胸儿是鼓动得更促更急。

她的悲苦纯然是真诚的流露，没有一点儿假意：

她是怎样的倒在了 Canapé 之上，几乎，几乎窒闭了呼吸！

哦！只有她，才能触动我深奥的灵魂！

哦！只有她，才是我真正的爱人！

我疯了一般的抱住她，在她冰冷的额儿上狂吻，

她额儿上为我出的那层薄汗，直沁痛了，沁痛了我的内心……

那一早晨是暴风像要把树木吹折，

斜雨湿遍了寂寞而嫩寒的长街，

我低着头走下了那个庄园门前的白滑的石阶，

遂与我一生唯一可恋的，一生唯一可恋的

寓所，作了最后的告别。

唵，过去的生命怎么就这样在失望中消亡？
所余留的却仅仅是一个结在心上的病疮！
但是她的容貌，言语，到死也留在我的心上，
虽然我是再不能靠近她的身旁！
现在四面都已经入了沉默，
河水的颜色也变成了黯黑。
停止罢，我的沉梦！
那些纪念，
已把我的心涌满：
爆裂罢，我的哀痛！
那些纪念，
我愿我的全身呀，
快到地下
去作永远的安眠！

ADIEU ①

我心中感着说不出的寂寞，
今夜我送你去漂泊！
但我更是个无籍的人，
明日，又有谁来送我！

哦，我决忘不了你！
因为你有一对好眼，
比晴天的夜星还要明媚，
因为你有一对可爱的，诱人的弯眉，

因为你奇妙的声儿
打动了我弱病的内肺，
因为你身上的香泽
调理了我的呼吸，

并且因为你的额儿是这般的秀美，

---

① ADIEU，再见，含"永不再见"之意。

因为你这金色的头发，
乱丝似的在肩上散披，
哦，我决忘不了你！

我心中感着说不出的寂寞，
今夜我送你去漂泊！
但我更是个无籍的人，
明日，又有谁来送我！

NOW I AM
A CHOREIC MAN

跳个 walzer 罢！跳个 walzer 罢！

我爱你这一对眼睛
好像是蓝宝石的水晶，
我爱你这一头毛发
好像是镀金质的丝刷。

跳个 walzer 罢！跳个 walzer 罢！

我要借你的腰儿
曲一曲我这僵直的硬臂，
我要借你的胸儿，
压一压我未喘过的呼吸。

跳个 walzer 罢！跳个 walzer 罢！

我愿我这枯瘦的容颜
在你的水晶中停留个很长的时间！

我愿你的乱丝刷低挥，

来给我轻轻地扫一扫唇上的薄灰。

跳个 walzer 罢！跳个 walzer 罢！

若是明日我独自死了时，

便再也不能到这儿来和你相见：

何若趁今日能见你时，

使我的狂病先痛快地发作一遍。

跳个 walzer 罢！跳个 walzer 罢！

死前

我是这样的荒唐，你不要恼怒，气愤，
我爱了你已经很久，哦，年青的夫人！
一年的光阴已经是很快地过去，
你更见年青，我却是更显得清癯，
我更显得苍白，你更显得新鲜，
哦，我，我是残冬，哦，你，你是春天！

我因为遭过许多，许多的绝望，失败，
青春的快乐好像是已经和我离开，
我已经得了不能医治的心脏的重病，
我是被流浪，忧愁送了我过去的半生；
我一看见了那寂寞的荒凉的坟场，
我便想到了，我最后要休息的卧房……

但是你，你正在追求着青春的快乐。
你的生活是青春时代的快乐生活。
你是只见在整理着你的修饰，
你的脸上常敷着淡红的胭脂，

你有一头浓黑的头发在夸耀着你的年青，
你有一对表示着你没有忧愁的明媚眼睛。

哦，我只愿你的唇儿落在我的唇上，
年青的夫人，请你恕我这样的荒唐！
我不知道是今晚或明天就要死去，
因为我是这样的苍白，这样的清癯……
我只求你的唇儿在我的唇边来一沾，
哦，好使我到我的墓中去，安静地长眠！

但丁墓旁

现在我要走了（因为我是一个漂泊的人）！
唉，你收下罢，收下我留给你的这个真心！
我把我的心留给你的头发，
你的头发是我灵魂的住家；
我把我的心留给你的眼睛，
你的眼睛是我灵魂的坟茔……
我，我愿作此地的乞丐，忘去所有的忧愁，
在这出名的但丁墓旁，用一生和你相守！
可是现在除了请你把我的心收下，
便只剩得我向你要说的告别的话！
Addio, mia bella!①

现在我要走了（因为我是一个漂泊的人）！
唉，你记下罢，记下我和你所经过的光阴！
那光阴是一朵迷人的香花，
被我用来献给了你这美颊；

————
① 意大利语，意思是：再见，我的亲爱的！

那光阴是一杯醉人的甘醇，
被我用来供给了你这爱唇……
我真愿作此地的乞丐，弃去一切的忧愁，
在我倾慕的但丁墓旁，到死都和你相守！
可是现在我惟望你把那光阴记下，
此外应该说的只有平常告别的话！
Addio, mia Cara![1]

①意大利语，意思是：再见，我的亲爱的！

威尼市

我们在乘着一只小舟，
却都默默地相对低头，
这小舟是摇得这般的紧急，
使我心中起了伤别的忧愁。
忧愁，忧愁，忧愁，
我知道你呀，你是不能挽留！

这河水是泛澜着深绿，
几片落花在水面轻浮：
我们都正和这些落花一样，
或东或西或南或北地飘流。
飘流，飘流，飘流，
我知道你呀，你是不能挽留！

花信

其一

妹妹哟，你寄给我白梅几朵，
用粉红的柔纸作成了包裹，
筒在了个水绿色的信封之中，
——啊，这是怎样的在刺着我的感觉！

妹妹哟，听说古时的诗人，
寻梅如同寻他的所爱；
我也被人称为个诗人，
我的所爱却把梅给我送来。

妹妹哟，梅花是象征着你的丰神，
你是像梅花一样的可人。
我真想来把你寄给我的这梅花吞下，
好使我的肺腑填满你的象征！

其二

昨日朋友拿来了碧桃一枝，

放在了案头的瓶中，教我护持。
可是一夜后便纷纷地完全落谢，
当到我一个幽幽的春梦醒时。

我望着窗外碧海的晴天，
我的心神飞得辽远，辽远：
四方都现出了春意正浓，
却怎么我的案头有了春残?

我没有心情作无谓的伤悼，
只用个信封来把这些花瓣装好，
寄给不在我面前的如花人儿，
希望她不要像这枝碧桃!

其三
今天你又把两朵花装在信内，
我接到时只怕它们要被压碎，
忙忙地打开了信封来看，

的确是已现出了十分憔悴。

这两朵花是可爱的玫瑰，
又恰恰是一红一白。
我想白的是代表你的心情，
红的是代表你的颜色。

从前法国有个名叫龙沙的诗人，
咏玫瑰正如他的生命；
波斯又有个诗人萨狄，
把玫瑰用作他诗集的名称。

玫瑰自古便受着诗人的爱宠，
它被他们争着写在了诗中。
不过我虽然也在写着诗歌，
我的情绪却总有点和他们不同。

我是不作那些空闲的欢笑，悲啼，

因为那些啼笑对于我只是无谓。
我所以对这玫瑰表示热情，
都因为这玫瑰是你所寄。

我正在说这玫瑰是代表你的整个，
那它的憔悴也正如你病后的娇弱，
可是它浓香的呼吸仍在扑人，
我把它放在了我的口边，——这便是接近
了，你的唇角……

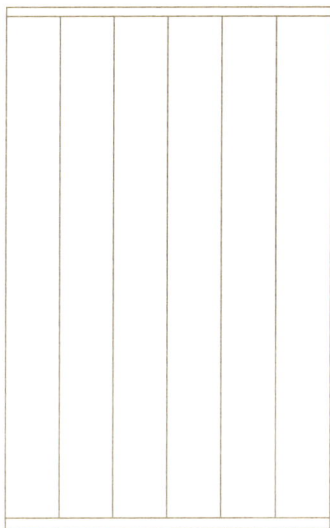
李广田

第一站

沿着铁轨向前走，
尽走，尽走，
究竟要走向哪儿去？

我可是一辆负重的车，
满装了梦想而前进？

没有人知道这梦的货色，
除非是
头上的青天和湖里的水。

我知道，铁轨的尽处是大海，
海的尽处又怎样呢？

沿着铁轨向前走，

尽走，尽走，
究竟要走向哪儿去？

海是一切川流的家，
且作这货车的第一站吧。

乡愁

在这座古城的静夜里，
听到了在故乡听过的明笛，
虽说是千山万水的相隔罢，
却也有同样忧伤的歌吹。

偶然间忆到了心头的，
却并非久别的父和母，
只是故园旁边的小池塘，
萧风中，池塘两岸的芦与荻。

地之子

我是生自土中，

来自田间的，

这大地，我的母亲，

我对她有着作为人子的深情。

我爱着这地面上的沙壤，湿软软的，

我的襁褓；

更爱着绿绒绒的田禾，野草，

保姆的怀抱。

我愿安息在这土地上，

在这人类的田野里生长，

生长又死亡。

我在地上，

昂了首，望着天上。

望着白的云，

彩色的虹，

也望着碧蓝的晴空。

但我的脚却永踏着土地，

我永嗅着人间的土的气息。

我无心于住在天国里，

因为住在天国时，

便失掉了天国，

且失掉了我的母亲，这土地。

笑的种子

把一粒笑的种子
深深地种在心底，
纵是块忧郁的土地，
也滋长了这一粒种子。

笑的种子发了芽，
笑的种子又开了花，
花开在颤着的树叶里，
也开在道旁的浅草里。

尖塔的十字架上
开着笑的花，
飘在天空的白云里
也开着笑的花。

播种者现在何所呢，
那个流浪的小孩子？
永记得你那偶然的笑，
虽然不知道你的名字。

沈祖牟

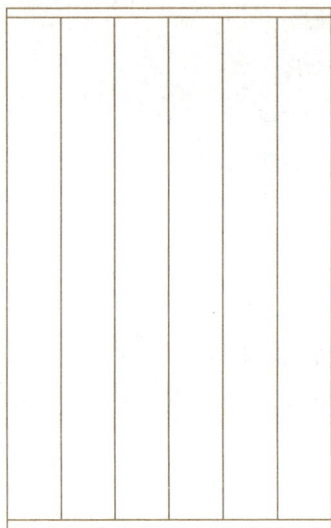

二

瓶花

我没法安排这寂寞的心境，
像黄昏抛不了孤零的雁影，
我不敢说我思量你，
为的是这无从想起，
一瓶的花追悼过去的光阴。

我没法安排这思家的心跳，
瓶花开不了故乡的欢笑，
掉了，一瓣也摇着深秋，
砚池里有漂泊的轻舟，
跟着我的心，一起给霜风凭吊。

港口的黄昏

黄昏天，海风带了哨子吹，
一群白鸥乱赶着浪花飞，
远远的是明礁，礁上的红灯，
我想，我该安排下平和的睡。

最难遣是走不完的日子，
有人苦着挨，也有人欢喜；
我贪图像一带隔水的西山，
每每冷轻轻的把阳光收起。

戴望舒

雨巷

撑着油纸伞，独自
彷徨在悠长，悠长
又寂寥的雨巷，
我希望逢着
一个丁香一样的
结着愁怨的姑娘。

她是有
丁香一样的颜色，
丁香一样的芬芳，
丁香一样的忧愁，
在雨中哀怨，
哀怨又彷徨；

她彷徨在这寂寥的雨巷，
撑着油纸伞
像我一样，
像我一样地

默默彳亍着，
冷漠，凄清，又惆怅。

她静默地走近
走近，又投出
太息一般的眼光，
她飘过
像梦一般地，
像梦一般地凄婉迷茫。

像梦中飘过
一枝丁香地，
我身旁飘过这女郎；
她静默地远了，远了，
到了颓圮的篱墙，
走尽这雨巷。

在雨的哀曲里，

消了她的颜色，
散了她的芬芳，
消散了，甚至她的
太息般的眼光，
丁香般的惆怅。

撑着油纸伞，独自
彷徨在悠长，悠长
又寂寥的雨巷，
我希望飘过
一个丁香一样的
结着愁怨的姑娘。

村姑

村里的姑娘静静地走着，
提着她的蚀着青苔的水桶；
溅出来的冷水滴在她的跣足上，
而她的心是在泉边的柳树下。

这姑娘会静静地走到她的旧屋去，
那在一棵百年的冬青树荫下的旧屋，
而当她想到在泉边吻她的少年，
她会微笑着，抿起了她的嘴唇。

她将走到那古旧的木屋边，
她将在那里惊散了一群在啄食的瓦雀，
她将静静地走到厨房里，
又静静地把水桶放在干蒭①边。

她将帮助她的母亲造饭，
而从田间回来的父亲将坐在门槛上抽烟，

①同"刍"。

她将给猪圈里的猪喂食，
又将可爱的鸡赶进它们的窠里去。

在暮色中吃晚饭的时候，
她的父亲会谈着今年的收成，
他或许会说到他的女儿的婚嫁，
而她便将羞怯地低下头去。

她的母亲或许会说她的懒惰，
（她打水的迟延便是一个好例子，）
但是她不会听到这些话，
因为她在想着那有点鲁莽的少年。

印象

是飘落深谷去的
幽微的铃声吧，
是航到烟水去的
小小的渔船吧，
如果是青色的真珠；
它已堕到古井的暗水里。

林梢闪着的颓唐的残阳，
它轻轻地敛去了
跟着脸上浅浅的微笑。

从一个寂寞的地方起来的，
迢遥的，寂寞的呜咽，
又徐徐回到寂寞的地方，寂寞地。

寻梦者

梦会开出花来的，
梦会开出娇妍的花来的：
去求无价的珍宝吧。

在青色的大海里，
在青色的大海的底里，
深藏着金色的贝一枚。

你去攀九年的冰山吧，
你去航九年的旱海吧，
然后你逢到那金色的贝。

它有天上的云雨声，
它有海上的风涛声，
它会使你的心沉醉。

把它在海水里养九年，
把它在天水里养九年，

然后，它在一个暗夜里开绽了。

当你鬓发斑斑了的时候，
当你眼睛朦胧了的时候，
金色的贝吐出桃色的珠。

把桃色的珠放在你怀里，
把桃色的珠放在你枕边，
于是一个梦静静地升上来了。

你的梦开出花来了。
你的梦开出娇妍的花来了，
在你已衰老了的时候。

对于天的怀乡病

怀乡病，怀乡病，
这或许是一切
有一张有些忧郁的脸，
一颗悲哀的心，
而且老是缄默着，
还抽着一支烟斗的
人们的生涯吧。

怀乡病，哦，我啊，
我也许是这类人之一吧。
我呢，我渴望着回返
到那个天，到那个如此青的天，
在那里我可以生活又死灭，
像在母亲的怀里，
一个孩子欢笑又啼泣。

我啊，我是一个怀乡病者：
对于天的，对于那如此青的天的；

那里，我是可以安憩地睡眠，

没有半边头风，没有不眠之夜，

没有心的一切的烦恼，

这心，它，已不是属于我的，

而有人已把它抛弃了

像人们抛弃了敝屣一样。

我的记忆

我的记忆是忠实于我的，
忠实甚于我最好的友人。

它生存在燃着的烟卷上，
它生存在绘着百合花的笔杆上，
它生存在破旧的粉盒上，
它生存在颓垣的木莓上，
它生存在喝了一半的酒瓶上，
在撕碎的往日的诗稿上，在压干的花片上，
在凄暗的灯上，在平静的水上，
在一切有灵魂没有灵魂的东西上，
它在到处生存着，像我在这世界一样。

它是胆小的，它怕着人们的喧嚣，
但在寂寥时，它便对我来作密切的拜访。
它的声音是低微的，
但是它的话却很长，很长，
很长，很琐碎，而且永远不肯休：

它的话是古旧的，老讲着同样的故事，
它的音调是和谐的，老唱着同样的曲子；
有时它还模仿着爱娇的少女的声音，
它的声音是没有气力的，
而且还夹着眼泪，夹着太息。

它的拜访是没有一定的，
在任何时间，在任何地点，
时常当我已上床，朦胧地想睡了；
或是选一个大清早，
人们会说它没有礼貌，
但是我们是老朋友。

它是琐琐地永远不肯休止的，
除非我凄凄地哭了，
或是沉沉地睡了，
但是我永远不讨厌它，
因为它是忠实于我的。

可知

可知怎的旧时的欢乐
到回忆都变作悲哀，
在月暗灯昏时候
重重地兜上心来，
啊，我的欢爱！

为了如今惟有愁和苦，
朝朝的难遣难排，
恐惧以后无欢日，
愈觉得旧时难再，
啊，我的欢爱！

可是只要你能爱我深，
只要你深情不改，
这今日的悲哀，
会变作来朝的欢快，
啊，我的欢爱！

否则悲苦难排解，
幽暗重重向我来，
我将含怨沉沉睡，
睡在那碧草青苔，
啊，我的欢爱！

十四行

看微雨飘落在你披散的鬓边，
像小珠散落在青色海带草间，
或是死鱼浮在碧海的波浪上，
闪出万点神秘又凄切的幽光，

它诱着又带着我青色的魂灵，
到爱和死的梦的王国中逡巡，
那里有金色山川和紫色太阳，
而可怜的生物流喜泪到胸膛；

就像一只黑色的衰老的瘦猫，
在幽光中我憔悴又伸着懒腰，
吐出我一切虚伪真诚的骄傲；

然后又跟它跟跄在薄雾朦胧，
像淡红的酒沫飘浮在琥珀钟，
我将有情的眼埋藏在记忆中。

断章

这问题我不要分明，
不要说爱不要说恨；
当我们提壶痛饮时，
可先问是酸酒芳醇？

但愿她温温的眼波
荡醒我心头的春草；
谁希望有花儿果儿？
只愿春天里活几朝。

路上的小语

——给我吧，姑娘，那朵簪在发上的
小小的青色的花，
它是会使我想起你的温柔来的。

——它是到处都可以找到的，
那边，你瞧，在树林下，在泉边，
而它又只会给你悲哀的记忆的。

——给我吧，姑娘，你的像花一般燃着的，
像红宝石一般晶耀着的嘴唇。
它会给我蜜的味，酒的味。

——不，它只有青色的橄榄的味，
和未熟的苹果的味，
而且是不给说谎的孩子的。

——给我吧，姑娘，那在你衫子下的
你的火一样的，十八岁的心，

那里是盛着天青色的爱情的。

——它是我的，是不给任何人的，
除非有人愿意把他自己的真诚
来作一个交换，永恒地。

生涯

泪珠儿已抛残，
只剩了悲思。
无情的百合啊，
你明丽的花枝，
你太娟好，太轻盈，
人间天上不堪寻。

人间伴我惟孤苦，
白昼给我是寂寥；
只有那甜甜的梦儿，
慰我在深宵：
我希望长睡沉沉，
长在那梦里温存。

可是清晨我醒来
在枕边找到了悲哀：
欢乐只是一幻梦，
孤苦却待我生挨！

我暗把泪珠哽咽，
我又生活了一天。

泪珠儿已抛残，
悲思偏无尽，
啊，我生命的慰安！
我屏营待你垂悯：
在这世间寂寂，
朝朝只有呜咽。

不要这样

不要这样盈盈地相看，
把你伤感的头儿垂倒，
静，听啊，远远地，在林里，
在死叶上的希望又醒了。

是一个昔日的希望，
它沉睡在林里已多年；
是一个缠绵烦琐的希望，
它早在遗忘里沉湮。

不要这样盈盈地相看，
把你伤感的头儿垂倒，
这一个昔日的希望，
它已被你惊醒了。

这是缠绵烦琐的希望，
如今已被你惊醒了，
它又要依依地前来，

将你与我烦扰。

不要这样盈盈地相看，
把你伤感的头儿垂倒，
静，听啊，远远地，从林里，
惊醒的昔日的希望来了。

我用残损的手掌

我用残损的手掌

摸索这广大的土地：

这一角已变成灰烬，

那一角只是血和泥；

这一片湖该是我的家乡，

（春天，堤上繁花如锦幛，

嫩柳枝折断有奇异的芬芳，）

我触到荇藻和水的微凉；

这长白山的雪峰冷到彻骨，

这黄河的水夹泥沙在指间滑出；

江南的水田，你当年新生的禾草

是那么细，那么软……现在只有蓬蒿；

岭南的荔枝花寂寞地憔悴，

尽那边，我蘸着南海没有渔船的苦水……

无形的手掌掠过无限的江山，

手指沾了血和灰，手掌黏了阴暗，

只有那辽远的一角依然完整，

温暖，明朗，坚固而蓬勃生春。
在那上面，我用残损的手掌轻抚，
像恋人的柔发，婴孩手中乳。
我把全部的力量运在手掌
贴在上面，寄与爱和一切希望，
因为只有那里是太阳，是春，
将驱逐阴暗，带来苏生，
因为只有那里我们不像牲口一样活，
蝼蚁一样死……那里，永恒的中国！

在天晴了的时候

在天晴了的时候，
该到小径中去走走：
给雨润过的泥路，
一定是凉爽又温柔；
炫耀着新绿的小草，
已一下子洗净了尘垢；
不再胆怯的小白菊，
慢慢地抬起它们的头，
试试寒，试试暖，
然后一瓣瓣地绽透；
抖去水珠的凤蝶儿
在木叶间自在闲游，
把它的饰彩的智慧书页
曝着阳光一开一收。

到小径中去走走吧，
在天晴了的时候：
赤着脚，携着手，

踏着新泥，涉过溪流。

新阳推开了阴霾了，
溪水在温风中晕皱，
看山间移动的暗绿——
云的脚迹——它也在闲游。

临摹页

撑着油纸伞，

独自彷徨在悠长、悠长又寂寥的雨巷，

我希望逢着一个丁香一样地结着愁怨的

姑娘。她是有丁香一样的颜色，

丁香一样的芬芳，丁香一样的忧愁，

在雨中哀怨，哀怨又彷徨。

——雨巷

POETRY

卷二

轻愁

诗歌

字字皆你

最美民国诗

路灯亮着微红，
苍鹰飞下了城堞，
在暮烟的白被中
紫色的钟山安歇。

寂寥的城巷内，
王侯大第的墙阴，
当的一声竹筒响，
是卖元宵的老人。

有忆

淡黄色的斜晖，
转眼中不留余迹。

一切的扰攘皆停，
一切的喧嚣皆息。

入了梦的乌鸦，
风来时偶发喉音，
和平的无声晚汐，
已经淹没了全城。

朱 湘

杨子惠

〇二

她

人说上帝是个勇士的形象，
一身多少英雄气概；
我说上帝像个婴孩的模样，
一心满是天真的爱；
不然上帝怎能创造她的心，
除非把自己的心灵作模型。

人说上帝是个老翁的形状，
万缕银丝披满肩背；
我说上帝像个妙龄的女郎，
像白莲在风中摇摆；
不然上帝怎能创造她的形，
除非把自己的样子作模型。

刘半农

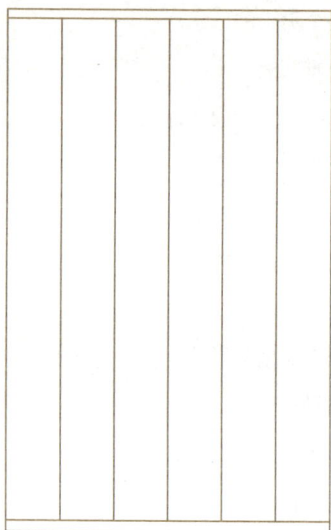

一

教我如何不想她

天上飘着些微云，
地上吹着些微风。
啊！
微风吹动了我头发，
教我如何不想她？

月光恋爱着海洋，
海洋恋爱着月光。
啊！
这般蜜也似的银夜，
教我如何不想她？

水面落花慢慢流，
水底鱼儿慢慢游。
啊！
燕子你说些什么话？
教我如何不想她？

枯树在冷风里摇，
野火在暮色中烧。
啊！
西天还有些儿残霞，
教我如何不想她？

小诗五首

一

若说吻味是苦的，
过后思量总有些甜味罢。

二

看着院子里的牵牛花渐渐的凋残，
就想到它盛开时的悲哀了。

三

口里嚷着"爱情"的是少年人，
能懂得爱情的该是中年罢。

四

最懊恼的是两次万里的海程，
当初昏昏的过去了，
现在化做了生平最美的梦。

五

又吹到了北京的大风，

又要看双十节的彩灯而我苦笑了。

铁匠

叮当！叮当！
清脆的打铁声，
激动夜间沉默的空气。
小门里时时闪出红光，
愈显得外间黑漆漆的。

我从门前经过，
看见门里的铁匠。
叮当！叮当！
他锤子一下一上，
砧上的铁，
闪着血也似的光，
照见他额上淋淋的汗，
和他裸着的，宽阔的胸膛。

我走得远了，
还隐隐的听见
叮当！叮当！

朋友，

你该留心着这声音，

他永远的在沉沉的自然界中激荡。

他若回头过去，

还可以看见几点火花，

飞射在漆黑的地上。

朱湘

美丽

美丽把装束卸下了，镜子
知道它可是真的，还是谎；
他对着灵魂，照见了真相，
照不见"善""恶"——人造的名字。

不响，成天里他只深思
又深思——平坦在他的面上，
还有冷静，明白；不是往常
那些幻影与它们的美疵。

当铺

美开了一家当铺，
专收人的心，
到期人拿票去赎，
它已经关门。

雨景

我心爱的雨景也多着呀：
春夜梦回时窗前的淅沥；
急雨点打上蕉叶的声音；
雾一般拂着人脸的雨丝；
从电光中泼下来的雷雨——
但将雨时的天我最爱了。
它虽然是灰色的却透明；
它蕴着一种无声的期待。
并且从云气中，不知哪里，
飘来了一声清脆的鸟啼。

昭君出塞

琵琶呀，伴我的琵琶：
趁着如今人马不喧哗，
只听得啼声得得①，
我想凭着切肤的指甲
弹出心里的嗟呀。

琵琶呀，伴我的琵琶：
这儿没有青草发新芽，
也没有花枝低桠；
在敕勒川前，燕支山下，
只有冰树结琼花。

琵琶呀，伴我的琵琶：
我不敢瞧落日照平沙，
雁飞过暮云之下，
不能为我传达一句话
到烟霭外的人家。

①今作"嘚嘚"。

琵琶呀，伴我的琵琶：
记得当初被选入京华，
常对着南天悲咤，
哪知道如今去朝远嫁，
望昭阳又是天涯。

琵琶呀，伴我的琵琶：
你瞧太阳落下了平沙，
夜风在荒野上发，
与一片马嘶声相应答，
远方响动了胡笳。

摇篮歌

春天的花香真正醉人，
一阵阵温风拂上人身，
你瞧日光它移的多慢，
你听蜜蜂在窗子外哼：
睡呀，宝宝，
蜜蜂飞的真轻。

天上瞧不见一颗星星，
地上瞧不见一盏红灯；
什么声音也都听不到，
只有蚯蚓在天井里吟：
睡呀，宝宝，
蚯蚓都停了声。

一片片白云天空上行，
像是些小船飘过湖心，
一刻儿起，一刻儿又沉，
摇着船舱里安卧的人：

睡呀，宝宝，
你去跟那些云。

不怕它北风树枝上鸣，
放下窗子来关起房门；
不怕它结冰十分寒冷，
炭火生在那白铜的盆：
睡呀，宝宝，
挨着炭火的温。

林徽因

笑

笑的是她的眼睛，口唇，
和唇边浑圆的漩涡。
艳丽如同露珠，
朵朵的笑向
贝齿的闪光里躲。
那是笑——神的笑，美的笑：
水的映影，风的轻歌。

笑的是她惺忪的卷发，
散乱的挨着她耳朵。
轻软如同花影，
痒痒的甜蜜
涌进了你的心窝。
那是笑——诗的笑，画的笑：
云的留痕，浪的柔波。

深夜里听到乐声

这一定又是你的手指，
轻弹着，
在这深夜，稠密的悲思；

我不禁颊边泛上了红，
静听着，
这深夜里弦子的生动。

一声听从我心底穿过，
忒凄凉
我懂得，但我怎能应和？

生命早描定她的式样，
太薄弱
是人们的美丽的想象。

除非在梦里有这么一天，
你和我
同来攀动那根希望的弦。

情愿

我情愿化成一片落叶，
让风吹雨打到处飘零；
或流云一朵，在澄蓝天，
和大地再没有些牵连。

但抱紧那伤心的标帜，
去触遇没着落的怅惘；
在黄昏，夜半，蹑着脚走，
全是空虚，再莫有温柔；

忘掉曾有这世界；有你；
哀悼谁又曾有过爱恋；
落花似的落尽，忘了去
这些个泪点里的情绪。

到那天一切都不存留，
比一闪光，一息风更少
痕迹，你也要忘掉了我
曾经在这世界里活过。

仍然

你舒伸得像一湖水向着晴空里
白云，又像是一流冷涧，澄清
许我循着林岸穷究你的泉源：
我却仍然怀抱着百般的疑心
对你的每一个映影！

你展开像个千瓣的花朵！
鲜妍是你的每一瓣，更有芳沁，
那温存袭人的花气，伴着晚凉：
我说花儿，这正是春的捉弄人，
来偷取人们的痴情！

你又学叶叶的书篇随风吹展，
揭示你的每一个深思，每一角心境，
你的眼睛望着我，我不断的在说话：
我却仍然没有回答，一片的沉静
永远守住我的魂灵。

朱大枏

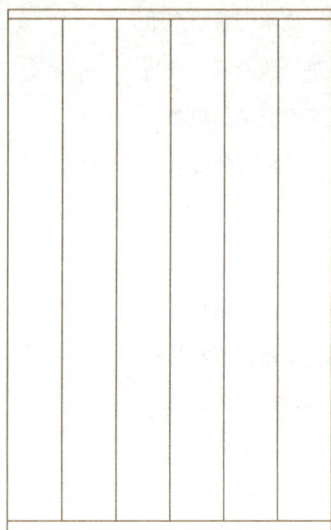

笑

赤霞纱里跳着一炷笑，
轻盈的，是红灯的火苗，
有的笑，温慰你暗淡的长霄。

翠羽湖里摇着一炷笑，
清癯的，是白莲的新苞，
有的笑，清醒你昏沉的初晓。

青铜鞘里晃着一柄笑，
霍霍的，是雪亮的宝刀，
有的笑，斩断你灵府的逍遥。

春光

绿蜡笺上烘出一片云霞，
是杏花倩影投映浮萍洼。
洼里漾洄着浅碧的螺旋，
和淡青的香篆袅袅的牵：
春光撩起这流动的春光。

默向凉秋

天平孤雁一声叹息，
地上平添一段芦枝，
疑猜："这芦枝是从故乡带来？"
咽露的草虫在墙阴，
吐一声回荡的哀鸣，
忍耐，和黄叶同听霜风安排。

吹透不禁风的薄衣，
紧逼着澈髓的寒气，
待热酒来温慰凉秋的愁怀；
晚风撕碎芭扇的影，
蝙蝠弄檐前的黄昏，
快爬向心头，筮虚庭的暮霭。

淡忘

比经验，我不敢和你们夸多，
但心里的干净谁比不上我。
这心灵的磁罂里感的就少，
还从痹弱的记忆完全漏掉。

看雨后的天空，我爱它干净，
比水的清，水里没有片乌鳞；
一网打尽充满云天的鱼鳅，
拦天的网是丝丝冷雨织就。

磁罂里不给你清水的供养，
你乌鳞也没法到心里潜藏。
你痹弱的记忆，我真心赞美：
漏掉的经验比那冷风霏微。

感慨太多

天绷着长的苦脸没拉开，
红日烘不透地上的绿苔，
天天瞧着这怆心的烦闷，
天天熬着我怆心的烦闷。
也别笑我的感慨太多，
人生就在这阴霾里过。

雨夜听檐滴和沟流呜咽，
风夜听落叶如涛的狂掀，
枕上夜夜听不断的叹息，
枕上夜夜我不断的叹息。
也别笑，我的感慨太多，
人生就在这风雨里过。

落日颂

在大暑天不劳你鲁阳挥戈，
还望后羿的神箭再射日落；
但喝退了狂吐凶焰的金鸟，
这青草池塘里的鼓吹一部。
他偷藏西山背后喘气吁吁，
微芒的残焰喷散淡霞凄迷，
豆麦的清芬弥漫山野水田。
这天边也不容他余影依恋。
看他懊恼的终褪淡了光华，
静默里安息着胜利的青蛙。
成群结队的萤芦苇里游玩，
绿纱影里掩映着红灯一串，
密叶里青虫奏着细乐婉转，
伴我们享用这晚凉的盛筵；
来庆赏这鼓手丰伟的奇迹，
他战退后羿射不掉的红日。

邵洵美

洵美的梦

从淡红淡绿的荷花里开出了
热温温的梦，她偎紧我的魂灵。
她轻得像云，我奇怪她为什么
不飞上天顶或是深躲在潭心？
我记得她曾带了满望的礼物
蹑进失意的被洞；又带了私情
去惊醒了最不容易睡的处女，
害她从悠长的狗吠听到鸡鸣：
但是我这里她不常来到，想是
她猜不准我夜晚上床的时辰，
我爱让太阳伴了我睡，我希望
夜莺不再搅扰我倦眠的心神，
也许乘了这一忽的空间，我会
走进一个园门，那里的花都能
把她们的色彩芬芳编成歌曲，
做成诗，去唱软那春天的早晨。
就算是剩下了一根弦，我相信
她还是要弹出她屑碎的迷音，

（这屑碎里面有更完全的缱绻）
任你能锁住了你的耳朵不听，
怎奈这一根弦里有火，她竟会
煎你，熬你，烧烂你铁石的坚硬。
那时我一定要把她摘采下来，
帮助了天去为她的诗人怀孕。
诗人的肉里没有污浊的秧苗，
胚胎当然是一块粹纯的水晶，
将来爱上了绿叶便变成翡翠，
爱上了红花便像珊瑚般妍明：
于是上帝又有了第二个儿子，
清净的庙堂里重换一本圣经。
这是我的希望，我的想：现在，她
真的来了。她带了我轻轻走进
一座森林，我是来过的，这已是
天堂的边沿，将近地狱的中心。
我又见到我曾经吻过的树枝，
曾经坐过的草和躺过的花荫。

我也曾经在那泉水里洗过澡，
山谷还抱着我第一次的歌声。
她们也都认识我；她们说："洵美，
春天不见你；夏天不见你的信；
在秋天我们都盼着你的归来；
冬天去了，也还没有你的声音。
你知道，天生了我们，要你吟咏；
没有了你，我们就没有了欢欣。
来吧，为我们装饰，为我们说诳，
让人家当我们是一个个仙人。"
我听了，上下身的血立时滚沸，
我完全明白了我自己的运命：
神仙的宫殿决不是我的住处。
啊，我不要做梦，我要醒，我要醒！

蛇

在宫殿的阶下，在庙宇的瓦上，
你垂下你最柔嫩的一段——
好像是女人半松的裤带
在等待着男性的颤抖的勇敢。

我不懂你血红的叉分的舌尖
要刺痛我那一边的嘴唇？
他们都准备着了，准备着
这同一个时辰里双倍的欢欣！

我忘不了你那捉不住的油滑
磨光了多少重叠的竹节：
我知道了舒服里有伤痛，
我更知道了冰冷里还有火炽。

啊，但愿你再把你剩下的一段
来箍紧我箍不紧的身体，
当钟声偷进云房的纱帐，
温暖爬满了冷宫稀薄的绣被！

女人

我敬重你，女人，我敬重你正像
我敬重一首唐人的小诗——
你用温润的平声干脆的仄声
来捆缚住我的一句一字。

我疑心你，女人，我疑心你正像
我疑心一弯灿烂的天虹——
我不知道你的脸红是为了我，
还是为了另外一个热梦？

季候

初见你时你给我你的心，
里面是一个春天的早晨。

再见你时你给我你的话，
说不出的是炽烈的火夏。

三次见你你给我你的手，
里面藏着个叶落的深秋。

最后见你是我做的短梦，
梦里有你还有一群冬风。

赤霞纱里跳着一炷笑，

轻盈的，是红灯的火苗，

有的笑，温慰你暗淡的长霄。

翠羽湖里摇着一炷笑，清癯的，

是白莲的新苞，有的笑，

清醒你昏沉的初晓。

——笑

卷三

纯真

诗歌

字字皆你

最美民国诗

为甚不迟不早，

恰恰花前一笑？——

灵光互照，

花也应相报。

悄悄，

没个人知道。

到底甚来由？

问花也不曾了了。

花前的一笑

没来由呵，
忽地花前一笑。

是为的春来早？

是为的花开好？

是为的旧时花下相逢，

重记起青春年少？——

都不是呵，

只是没来由地一笑。

刘大白

陈梦家

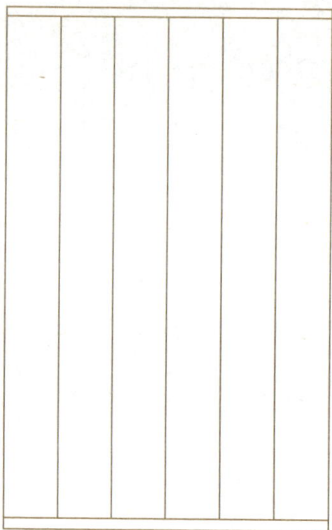

二

雁子

我爱秋天的雁子
终夜不知疲倦；
（像是嘱咐，像是答应，）
一边叫，一边飞远。

从来不问她的歌
留在那片云上？
只管唱过，只管飞扬，
黑的天，轻的翅膀。

我情愿是只雁子，
一切都使忘记——
当我提起，当我想到：
不是恨，不是欢喜。

摇船夜歌

今夜风静不掀起微波，
小星点亮我的桅杆，
我要撑进银流的天河，
新月张开一片风帆；

让我合上了我的眼睛，
听，我摇起两支轻桨——
那水声，分明是我的心，
在黑暗里轻轻的响；

吩咐你：天亮飞的乌鸦，
别打我的船头掠过；
蓝的星，腾起了又落下，
等我唱摇船的夜歌。

夜

我顶爱没有星那时的昏暗，
没有月亮的影子爬上栏杆；
姑娘，这时候快蹑进这门槛，
悄悄的挨近我可不要慌张，
让黑暗拥抱着只露出心坎。

挂着你流的眼泪不许揩干，
透过那一层小青天朝我看；
姑娘，你胆小，这时候你该敢
说出那一句话，从你的心坎——
没有人听见，也没有人偷看。

乘着太阳还徘徊在山背后，
门前瞌睡着那条偷懒的狗；
姑娘，你快走，丢下你的心走，
不要记得，这件事像不曾有，
好比一场梦，——你多喝了酒。

一朵野花

一朵野花在荒原里开了又落了，
不想到这小生命，向着太阳发笑，
上帝给他的聪明他自己知道，
他的欢喜，他的诗，在风前轻摇。

一朵野花在荒原里开了又落了，
他看见青天，看不见自己的渺小，
听惯风的温柔，听惯风的怒号，
就连他自己的梦也容易忘掉。

白马湖

白马湖告诉我：
老人星的忧伤，
飞过的水活鸰，
月亮的圆光。

我悄悄的走了；
沿着湖边的路，
留下一个心愿：
再来，白马湖！

再看见你

再看见你。十一月的流星
掉下来，有人指着天叹息；
但那星自己只等着命运，
不想到下一刻的安排，
这不可捉摸轻快的根由。
尽光阴在最后一闪里带着
骄傲飞奔，不去问消逝
在那一个灭亡，不可再现的
时候。有着信心梦想
那一刻解脱的放纵，光荣
只在心上发亮，不去知道
自己变了沙石，这死亡
启示生命变异的开端，——
谁说一刹那不就是永久！
我看了流星，我再看你，
像又是一闪飞光掠过我的心，
瞧见我自己那些不再的日子。
那些日子从我看见了你，

不论是雨天，是黑夜

我念着你的名字，有着生，

有着春光一道的暖流

淌过我的心。那些日子

我看见你，我只看着

看着你在我面前，我不做声。

我有过许多夜徘徊在那条街上

望着你住的门墙，一线光，

我想那里一定有你；我太息

透不进你的窗棂。只有门前

那盏脆弱的灯好像等着，企望

那不能出现的光明！更惨的

那一声低的雁子叫过

黑的天顶，只剩下我

站立在桥下。那些日子

我又踯躅在大海的边岸，

直流泪，上帝知道我；

海水对我骄傲，那雄壮

我没有，我没有；我只不敢
再看见青天，横流的海，
影子跟着我走回我的家。
这些我全不忘记，我记得
清楚，像就在眼前的一刻——
那时候我愿望
是一支小草，露珠是我的天堂；
但你只留下一个恍惚，
蜘蛛的踪迹，我要追寻，
我不能埋怨天，我等着
等着你再来，再来一次
就算是你的眼泪，你的恨。
可是到了秋天，我才看见
一个光明再跳上我的枯梢
雪亮，你的纯洁没有变更。
我听到落叶和你一阵
走近我的身边，敲我的门：
你再要一次的投生。

我本来等着冬来冻死，

贪爱一个永远的沉默；

这一回我不能再想，

我听到春天的芽

拨开坚实的泥，摸索着

细小细小的声音，低低地

"再看见你——再看见你！"

我是谁

我是谁？是的倘使你想
知道，我一定，一定告诉你
一个完全。我要把心像
描在诗句上，像云在水里
映现的影子，不用说谎，
天在上面。人不能骗上帝。
上帝！哦，他启示我天堂
那儿有真实的美，是透明
在我自己心里放灵光
最是纯洁，她却不是眼睛
看得着的神圣；这奇丽
可用不着装饰，她要信心
建造她的宫殿。我自己
不明白，信着这样一个梦：
梦见一个洞，深到无底，
灰色的燕子成群飞，有风，
有蜘蛛织的网，满天穿；——
我爱，黑暗里光明的闪动，

像秘密的关紧在一团
真金中心里的一小点水，
太阳收不起，也晒不暖
她的心；容她自己去赞美
永恒的亮。我就最甘愿
长远在不透风的梦里睡。——
睡？呀！这话可说得太远，
不是，你想要听我的身世？
我寒伧，讲来真要红脸。
我轻轻掀过二十张白纸，
有时我想要写一行字：

我是一个牧师的好儿子。

梁镇

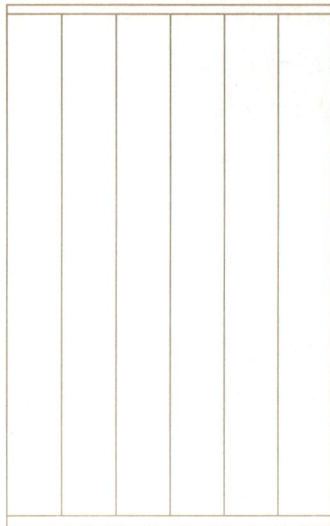

一

晚歌

西去的太阳！我请你，啊，停一停！
把消息带去给我远方的爱人：
说我跟从前一样的恋她心切，
我的心肠有你太阳那般赤热。

你从东方爬起，朝着西方举步，
每天只走着一条不变的线路；
碰见我爱人的面，要替我说到，
说我在这儿，依旧在为她颠倒。

默示

弦琴已经沉到了海底，
月亮不再露她的圆光，
地平上浮起一道霞彩，
使我欢喜，也使我绝望。

爱，这时候我在玩味
你的叹息，你的眼泪。

最温柔的四月，他们说；
花在迸发，林鸟在歌唱。
你听，那绿野上，幽谷内，
蜂群颤动金色的翅膀。

爱，这时候我挨近你，
低声唤出你的名字。

天是那样青，又那样美，
隐约传来城市的喧响；

啊，宁谧的生命的伟力，
你在从穹苍慢慢下降！

爱，我怎能说这默示
在我们心里会消逝？

想望

为什么我不能忘记你，南国的高原？
我依然听见你金蛇的响，猛虎的啸；
还有那雪亮的刀光一直接到上天：
那终年倒挂在云雾里嘶喊的飞瀑。

那里纡曲的河堤挺着一株株扁柏，
橄榄树下有处女桃色的面庞闪亮。
麋鹿在高冈上羞怯得发恍，它望着
那原野上麦浪和白日交织的流光。

我想：我一天要去，去永远歇在那里，——
看秋鹰摩着青天旋转，听燕子啁啾；
用手抚住胸口摸索我从前的剧痛，
我要腾出工夫听凭眼泪缓缓的流！

闻一多

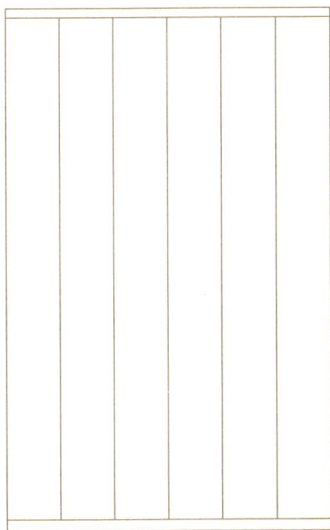

死水

这是一沟绝望的死水，
清风吹不起半点漪沦。
不如多扔些破铜烂铁，
爽性泼你的剩菜残羹。

也许铜的要绿成翡翠，
铁罐上锈出几瓣桃花；
再让油腻织一层罗绮，
霉菌给他蒸出些云霞。

让死水酵成一沟绿酒，
漂满了珍珠似的白沫；
小珠们笑声变成大珠，
又被偷酒的花蚊咬破。

那么一沟绝望的死水，
也就夸得上几分鲜明。
如果青蛙耐不住寂寞，

又算死水叫出了歌声。

这是一沟绝望的死水，
这里断不是美的所在，
不如让给丑恶来开垦，
看他造出个什么世界。

"你指着太阳起誓"

你指着太阳起誓，叫天边的凫雁
说你的忠贞。好了，我完全相信你，
甚至热情开出泪花，我也不诧异。
只是你要说什么海枯，什么石烂……
那便笑得死我。这一口气的工夫
还不够我陶醉的？还说什么"永久"？
爱，你知道我只有一口气的贪图，
快来箍紧我的心，快！啊，你走，你走……

我早算就了你那一手——也不是变卦——
"永久"早许给了别人，秕糠是我的份，
别人得的才是你的菁华——不坏的千春。
你不信？假如一天死神拿出你的花押，
你走不走？去去！去恋着他的怀抱。
跟他去讲那海枯石烂不变的贞操！

夜歌

癞虾蟆抽了一个寒噤，
黄土堆里钻出个妇人，
妇人身旁找不出阴影，
月色却是如此的分明。

黄土堆里钻出个妇人，
黄土堆上并没有裂痕；
也不曾惊动一条蚯蚓，
或绷断蟛蛸一根网绳。

月光底下坐着个妇人，
妇人的容貌好似青春，
猩红衫子血样的狰狞，
髼松的散发披了一身。

妇人在号咷，捶着胸心，
癞虾蟆只是打着寒噤，
远村的荒鸡哇的一声，
黄土堆上不见了妇人。

也许（葬歌）

也许你真是哭得太累，
也许，也许你要睡一睡，
那么叫苍鹭不要咳嗽，
蛙不要号，蝙蝠不要飞，

不许阳光攒你的眼帘，
不许清风刷上你的眉，
无论谁都不许惊醒你，
我吩咐山灵保护你睡。

也许你听着蚯蚓翻泥，
听那细草的根儿吸水，
也许你听这般的音乐，
比那咒骂的人声更美；

那么你先把眼皮闭紧，
我就让你睡，我让你睡，
我把黄土轻轻盖着你，
我叫纸钱儿缓缓的飞。

一个观念

你隽永的神秘，你美丽的谎，
你倔强的质问，你一道金光，
一点儿亲密的意义，一股火，
一缕缥缈的呼声，你是什么？
我不疑，这因缘一点也不假，
我知道海洋不骗他的浪花。
既然是节奏，就不该抱怨歌。
啊，横暴的威灵，你降伏了我，
你降伏了我！你绚缦的长虹——
五千多年的记忆，你不要动，
如今我只问怎样抱得紧你……
你是那样的横蛮，那样美丽！

奇迹

我要的本不是火齐的红，或半夜里
桃花潭水的黑，也不是琵琶的幽怨，
蔷薇的香，我不曾真心爱过文豹的矜严，
我要的婉娈也不是任何白鸽所有的。
我要的本不是这些，而是这些的结晶，
比这一切更神奇得万倍的一个奇迹！
可是，这灵魂是真饿得慌，我又不能
让它缺着供养，那么，即便是糟糠，
你也得募化不是？　天知道，我不是
甘心如此，我并非倔强，亦不是愚蠢，
我是等你不及，等不及奇迹的来临！
我不敢让灵魂缺着供养。　谁不知道
一树蝉鸣，一壶浊酒，算得了什么，
纵提到烟峦，曙壑，或更璀璨的星空，
也只是平凡，最无所谓的平凡，犯得着
惊喜得没主意，喊着最动人的名儿，
恨不得黄金铸字，给装在一支歌里？
我也说但为一阕莺歌便噙不住眼泪

那未免太支离，太玄了，简直不值当。
谁晓得，我可不能不那样：这心是真
饿得慌，我不得不节省点，把藜藿
权当作膏粱。

　　可也不妨明说，只要你——
只要奇迹露一面，我马上就抛弃平凡
我再不瞅着一张霜叶梦想春花的艳
再不浪费这灵魂的膂力，剥开顽石
来诛求白玉的温润；给我一个奇迹，
我也不再去鞭挞着"丑"，逼他要
那分背面的意义；实在我早厌恶了
这些勾当，这附会也委实是太费解了。
我只要一个明白的字，舍利子似的闪着
宝光，我要的是整个的，正面的美。
我并非倔强，亦不是愚蠢，我不会看见
团扇，悟不起扇后那天仙似的人面。
那么

我等着，不管等到多少轮回以后——
既然当初许下心愿，也不知道是在多少
轮回以前——我等，我不抱怨，只静候着
一个奇迹的来临。 总不能没有那一天
让雷来劈我，火山来烧，全地狱翻起来
扑我，……害怕吗？你放心，反正罡风
吹不熄灵魂的灯，愿这蜕壳化成灰烬，
不碍事，因为那，那便是我的一刹那
一刹那的永恒—— 一阵异香，最神秘的
肃静，（日，月，一切星球的旋动早被
喝住，时间也止步了）最浑圆的和平……
我听见阊阖的户枢謇然一响，
传来一片衣裙的綷縩——那便是奇迹——
半启的金扉中，一个戴着圆光的你！

饶子孟侃

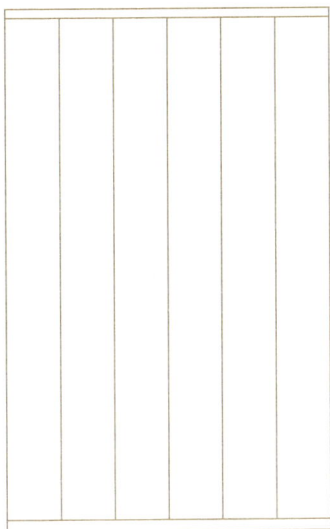

走

我为你造船不惜匠工，
我为你三更天求着西北风，
只要你轻轻说一声走，
桅杆上便立刻挂满了帆篷。

呼唤

有一次我在白杨林中，
听到亲切的一声呼唤；
那时月光正望着翁仲，
翁仲正望着我看。

再听不到呼唤的声音，
我吃了一惊，四面寻找；——
翁仲只是对月光出神，
月光只对我冷笑。

招魂
——吊亡友杨子惠

来，你不要迟疑，
趁此刻鸡还没有啼；
你瞧远远一点灯光，
渔火似的一暗，一亮——
那灯下是我在等你。
来，你不要迟疑！

来，为什么徘徊？
我泡一壶茶等你来。
你看这一只只白鹤，
一只只在壶上飞着，
是不是往日的安排？
来，为什么徘徊？

来，用不着犹夷；
趁我在发愣没想起，
你只管轻轻的进来，

像落叶飘下了庭阶，

冷不防给我个惊喜。

来，用不着犹夷！

蘅

梦神问我有心事没有，
我随口答道："不曾，不曾！"
她对我掏出一面镜子，
里面映出的分明是蘅。

笑一笑她把镜子收起，
我心里好像打着秋千，
正想问一问蘅的下落，
不提防梦神已经杳然。

刘梦苇

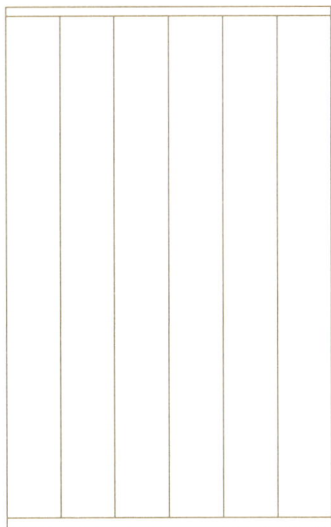

铁路行

我们是铁路上面的行人，
爱情正如两条铁轨平行。
许多的枕木将它们牵连，
却又好像在将它们离间。

我们的前方像很有希望，
平行的爱轨可继续添长：
远远看见前面已经交抱，
我们便努力向那儿奔跑。

我们奔跑到交抱的地方，
那铁轨还不是同前一样？
遥望前面又是相合未分，
便又勇猛的向那儿前进。

爱人只要前面还有希望，
只要爱情和希望样延长：
誓与你永远的向前驰驱，
直达这平行的爱轨尽处。

最后的坚决

今天我才认识了命运的颜色，
——可爱的姑娘，请您用心听；
不再把我的话儿当风声！——
今天我要表示这最后的坚决。

我的命运有一面颜色红如血；
——可爱的姑娘，请您看分明，
不跟瞧我的信般不留神！——
我的命运有一面颜色黑如墨。

那血色是人生的幸福的光泽；
——可爱的姑娘，请为我鉴定，
莫谓这不干您什么事情！——
那墨色是人生的悲惨的情节。

您的爱给了我才有生的喜悦；
——可爱的姑娘，请与我怜悯，
莫要把人命看同鹅绒轻！——

您的爱不给我便是死的了结。

假使您心冷如铁的将我拒绝；
——可爱的姑娘，这您太无情，
但也算替我决定了命运！——
假使你忍心见我命运的昏黑。

这倒强似有时待我夏日般热；
——可爱的姑娘！有什么定准？
倘上帝特令您来作弄人！——
这倒强似有时待我如岭上雪。

生辰哀歌
——遥寄我的妈妈

今天，是我这无尽期的飘零人的生辰，
脆弱的心早裸上了人生的苦恨层层，
它如像是黑夜里被乌云埋没的孤星，
虽有晶莹的本体，也放不出一线光明！
这生辰，这青春逃遁时留存下的记痕，
我苦恨的心回到了明媚，浩大的洞庭；
那洞庭之滨有母亲生下我来的地境，
那儿，母亲曾经流泪消磨了她的年轻；
夕阳光里微微颤动的洞庭波，
都是她哭夫跟我思亲的泪颗！

这生辰，这青春逃遁时留存下的记痕，
我苦恨的心重忆起念年久别的母亲：
母亲！在这感慨的生辰，我是向您感恩，
还是逆情地昧心地对着您表示怨愤？
生我时便一齐开始了您流泪的命运，
三年我便离去了您孤身的到处飘零：
如浮萍，似断线的风筝，我在人间鬼混，

遇的只有冰冷，二十年与人漠不关情！
母亲哟！这是您当日铸的大错，
不该生下我！但您为什么生我？

既生了，就该永恒不让我离开您底身，
为什么早把我抛弃？那时尚行步不稳！
我自上人生的战场，闯进人生的魔阵，
到今已是遍身伤痕犹没有法儿逃奔：
别去风光明媚的故乡为的家人凶棱，
为了追寻绝影的真情我曾忧闷成病；
我也曾不幸被那红艳艳的嘴唇诱引，
不自主地向那桃色的女郎低首下心：
母亲！您说我从她得着了什么？
尝的飘际痛苦，望着镜里欢乐！

今天，是我这无尽期的飘零人的生辰，
不对母亲感恩，只向她哀歌我的怨恨！
母亲！假使您将我生得木石一般无情，

也省得被诱引来此迷惑的情场驰骋；
假使您将我生得跟鹿豕一般的愚蠢，
也好沉默地无抵抗忍受世人的欺凌；
但是这固执的痴情与这自误的聪明，
使我负创，犹在人生的阵上转战不停；
母亲哟！这是您当年铸的大错，
不该生下我！但您为什么生我？

致某某

雀鸟喧噪在门前的树间，
晨光偷进我深沉的梦境：
惊醒后起来奔赴到院前，
领略朝阳初现时的美景；
但我重忆起了你的华颜，
你比朝阳还要娇艳几分！

炎日燃烧在清朗的中天，
树荫下只有我独在纳闷：
碧澄澄的池水蒸发开，
我春情的海潮已经沸腾；
但我重忆起了你的情焰，
你比炎日还要热烈几分！

夕照悬挂在幽邃的林边，
向人间赠送最后的离情：
叹气似的吐轻雾在树巅，

缕缕袅绕穿过黄昏的心；
但我重忆起了你的爱恋，
你比夕照还要缠绵几分！

示娴

请将你的心比一比我的心，
倒看谁的狠，谁的硬，谁的冷？
为你我已经憔悴不成人形，
啊娴！到如今你才问我一声：
你当真爱了我吗？人你当真？

但我总难信爱人会爱成病，
你还在这般怀疑我的病深。
啊娴！你把世界看得太无情，
今后只有让我的墓草证明：
它们将一年一年为你发青。

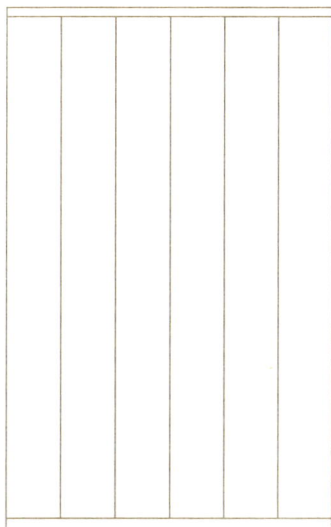
方玮德

海上的声音

那一天我和她走海上过，
她给我一贯钥匙一把锁，
她说："开你心上的门，
让我放进去一颗心，
请你收存，
请你收存。"

今天她叫我再开那扇门，
我的钥匙早丢掉在海滨。
成天我来海上找寻，
我听到云里的声音：
"要我的心，
要我的心。"

幽子

每到夜晚我躺在床上，
一道天河在梦里流过，
河里有船，船上有灯光，
我向船夫呼唤：
　"快摇幽子渡河。"

天亮我睁开两只眼睛，
太阳早爬起比树顶高，
老狄打开门催我起身，
我向自己发笑：
　"幽子不来也好。"

风暴

满天刮起一团风暴，
电火在林子里奔跑，
这不是风声，谁在叫；
一张脸凑近耳朵，
（一堆热情，一把火。）
"爱，别怕，是我！"

一团风暴起在心底，
漆黑，我看不清天地；
这分明是在白昼里，
没有雷，风也不吹；
一只影子向前飞，
"呵，天，那是谁？"

微弱

我在数天上的星，
我问："是哪一颗星
正照着她的家乡？"
星子不做声，
这一夜
露水落在我的脸上。

我走过一条江水，
我问："是哪个时候
你流过她的家乡？"
水不答我话，
这一夜
沉默落在我的心上。

胡适

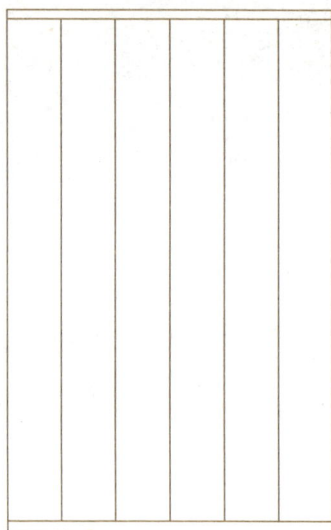

〓

梦与诗

都是平常经验，
都是平常影像，
偶然涌到梦中来，
变幻出多少新奇花样！

都是平常情感，
都是平常言语，
偶然碰着个诗人，
变幻出多少新奇诗句！

醉过才知酒浓，
爱过才知情重：——
你不能做我的诗，
正如我不能做你的梦。

小诗

也想不相思，
可免相思苦。
几次细思量，
情愿相思苦！

希望

我从山中来，
带得兰花草，
种在小园中，
希望开花好。

一日望三回，
望到花时过；
急坏看花人，
苞也无一个。

眼见秋天到，
移花供在家；
明年春风回，
祝汝满盆花！

蝴蝶

两个黄蝴蝶，双双飞上天。
不知为什么，一个忽飞还。
剩下那一个，孤单怪可怜；
也无心上天，天上太孤单。

晨星篇
一送叔永、莎菲到南京

我们去年那夜，
豁蒙楼上同坐；
月在钟山顶上，
照见我们三个。
我们吹了烛光，
放进月光满地；
我们说话不多，
只觉得许多诗意。

我们做了一首诗，
——一首没有字的诗，——
先写着黑暗的夜，
后写着晨光来迟；
在那欲去未去的夜色里，
我们写着几颗小晨星，
虽没有多大的光明，
也使那早行的人高兴。

钟山上的月色

和我们别了一年多了；

他这回照见你们，

定要笑我们这一年匆匆过了。

他念着我们的旧诗，

问道："你们的晨星呢?

四百个长夜过去了，

你们造的光明呢？"

我的朋友们，

我们要暂时分别了；

"珍重珍重"的话，

我也不再说了。——

在这欲去未去的夜色里，

努力造几颗小晨星；

虽没有多大的光明，

也使那早行的人高兴!

一颗遭劫的星

热极了！
更没有一点风！
那又轻又细的马缨花须
动也不动一动！

好容易一颗大星出来；
我们知道夜凉将到了：——
仍旧是热，仍旧没有风，
只是我们心里不烦躁了。

忽然一大块黑云
把那颗清凉光明的星围住；
那块云越积越大，
那颗星再也冲不出去！

乌云越积越大，
遮尽了一天的明霞；
一阵风来，

拳头大的雨点淋漓打下！

大雨过后，
满天的星都放光了。
那颗大星欢迎着他们，
大家齐说"世界更清凉了！"

刘大白

邮吻

我不是不能用指头儿撕，
我不是不能用剪刀儿剖，
只是缓缓地
轻轻地
很仔细地挑开了紫色的信唇；
我知道这信唇里面，
藏着她秘密的一吻。

从她的很郑重的折叠里，
我把那粉红色的信笺，
很郑重地展开了。
我把她很郑重地写的，
一字字一行行，
一行行一字字地
很郑重地读了。

我不是爱那一角模糊的邮印，
我不是爱那满幅精致的花纹，

只是缓缓地

轻轻地

很仔细地揭起那绿色的邮花；

我知道这邮花背后，

藏着她秘密的一吻。

回头来了的东风

果然回头来了；
我原知道，
风不长西的呵！

何必醇酒呢?
如此东风，
尽足教人沉醉了!

说春光是东风送来的，
我不信呵!
它身上何曾带得有一点春光?

别太看重它的使命了!
要开要谢，
都是花儿们自家的高兴呵!

明日春分了

检花间日历，

明日春分了，

料应有一半春光到眼。

等明朝早起，

问讯春光，

可曾到了一半？——

算落了桃花，

开过棠梨，

放到蔷薇，

廿四番风剩九番。

问今年早暖，

不算春寒，

为甚地花开还比人归缓？——

这无非量春的心地被春愁装满，

才觉得愁比春深，

春还有限。

待卸下春愁，

扫空心地，

准备把春光精探密算。
但过去的不留痕，
未来的不见影，
只凭这现在的花信，
又怎测得春深春浅？

心印

过来啊，吾爱！

你试把你的眼，觑着我的胸！

我的心，画也似的在你的眼前挂着。

但越是不秘密的心画，也许越不是你的眼能见。

过来啊，吾爱！

你试把你的耳，贴着我的胸！

我的心，乐也似的在你的耳边奏着。

但越是不秘密的心乐，也许越不是你的耳能听。

过来啊，吾爱！

你试把你的鼻，嗅着我的胸！

我的心，香也似的在你的鼻端熏着。

但越是不秘密的心香，也许越不是你的鼻能闻。

过来啊，吾爱！

你试把你的舌，舔着我的胸！

我的心，蜜也似的在你的舌尖抹着。

但越是不秘密的心蜜，也许越不是你的舌能尝。

过来啊，吾爱！
你试把你的身，偎着我的胸！
我的心，花也似的在你的身旁开着。
但越是不秘密的心花，也许越不是你的身能触。

告诉你，吾爱！
这不是你不能，这是你五根的不灵。
你别用你的眼耳鼻舌身呀！
你只用你的心！
告诉你，吾爱！
只有心和心，才能交罗地互印。

生命之泉

生命之泉，
从满汲的生命之瓶里漏泄了。——
不，也许是盈溢哩。

漏泄也罢，
盈溢也罢，
总之生命之泉不安于生命之瓶了。

已经春半了，
花开无几，
也太寂寞啊！
于是血花忍不住——飞溅了。

眼底的泪闸，
不曾闭得；
喉间的血闸，
却又开了。

人都说"红是可爱的";
猩红的血，
为甚使人可怕呢?

滔滔滚滚的血浪，
染红了大地，
倒也罢了;
可惜只是斑斑点点的!

未吐的时候，
血是我的;
已吐的时候，
血还是我的吗?

离开了生命之瓶，
就不是生命之泉了;
减少了生命之泉，
快要不成为生命之瓶了。

泉和瓶脱离了，

两者都不成为生命；

那么，生命毕竟是什么呵?

月下的相思

写真镜也似的明月，
把咱俩的相思之影，
一齐摄去了。
从我的独坐无眠里，
明月带着她的相思，
投入我的怀抱了。
相思说：
"她也正在独坐无眠呢！"
只是独坐无眠，
倒也罢了；
叵耐明月带着我的相思，
又投入她的怀抱！
为甚使我也独坐无眠，
她也独坐无眠？
搬运相思的明月呵！
答谢你的，
该是讴歌呢，
还是咒诅？

冬夜所给与我的

凉秋的微风，

拂着——轻轻地，

却深深地沁我骨了。

残夜的微月，

映着——淡淡地，

却深深地醉我心了。

遥空的微云，

袅着——疏疏地，

却深深地移我情了。

清流的微波，

皱着——浅浅地，

却深深地动我魄了。

轻轻地，淡淡地，疏疏地，浅浅地——

她表现的风格是那样；

深深地——

她给与的印象怎又是这样呢？

再造

当群花齐放的时候，

司春的神，

在花丛中徘徊着。

忽听得低低的赞叹声道："好呀！灿烂的美满的花呀！"

司春的神，

很满意地微笑道："这是我的创作呀！

这是我选取自然之锦，

用无痕之剪裁成，

不离之胶

粘住，

万变之色染出，

百和之香薰透的呀！"

但不一会儿，

就有切切的怨声，

从花间吐露道："谁锁着我们呀？飞了吧！"

一瓣的花，翩翩地飞了。

司春的神，

不觉心痛道："不听命的花瓣儿，你破坏了我的完全了！"

但又没法儿招她回来，

只是凄凄楚楚地悲泣着。

许多的花瓣儿，

互相耳语道："飞是我们的自由呀！

春的完全，

已经被破坏于飞了的一瓣了！

我们何苦依然牺牲了自由，

维持这不可久的残局呀！

爱自由的，

飞呀！"

一瓣，两瓣，三瓣，……无数瓣，

纷纷地一齐都飞了。

司春的神醒悟道：

"飞是她们的自由呀！

但是创作也是我的自由，

永久的完全，

是不能有的；

继续的创作，

是不可无的呀！

自然之锦，

是取之不竭的；

过一会儿，

再造吧！"

风声，

雨声，

流水声，

送尽了瓣瓣的落花。

一群能歌的鸟儿，

在绿阴里唱着，

慰勉那司春的神道：

"再造！再造！"

是谁把

是谁把心里相思，
种成红豆？
待我来碾豆成尘，
看还有相思没有？

是谁把空中明月，
捻得如钩？
待我来抟钩作镜，
看永久团圆能否？

流萤之群

一

流萤，
一闪一闪的。
虽然只是微光，
也未始不是摸索暗中的一助，
如果在黑夜长途旅客的眼中。

二

看遍人间趣剧了吗，
青蛙，
如此不绝地狂笑？

三

许是有意的吧，
避人的明月，
招来几叠浮云，
把羞颜掩住了！

四

吼也似的中夜风声，

寂静的心湖里，

也被卷起了许多逆浪！

五

星儿们，

何不走近一点来呢？

听说你们都是有绝大光明的。

六

如果站在地轴上，

打个回旋，

也不消自动了。

七

有无数的山，

在那里表现不平，

也就够了；

多事的风，

偏教水也和山争起不平来！

八

吸人膏血的蚊子，

与其说是无情的刺客，

不如看作不仁的富人。

九

终有这一天吧，

不愿再浪费光明；

太阳，

我想你终有不再照地球的这一天吧！

有这许多不爱见光明的人们，

有这许多爱在光明下面沉睡的人们！

十

我在春的怀里睡惯了，
春也在我的怀里睡惯了。
梦儿没来由地裹住了我，
生生地把我和春隔离了。
春呵，
你也许我也似的悲哀吧！

临摹页

最温柔的四月，他们说；

花在迸发，林鸟在歌唱。

你听，那绿野上，幽谷内，

蜂群颤动金色的翅膀。

爱，这时候我挨近你，

低声唤出你的名字。

——默示